바람이 되지 못한 것들이 꽃이 된다

박이정시선 08

바람이 되지 못한 것들이 꽃이 된다

초판 인쇄 2021년 3월 2일
초판 발행 2021년 3월 9일

지은이 권소영
펴낸이 박찬익
편집장 한병순

펴낸곳 (주)박이정
주소 경기도 하남시 조정대로45 미사센텀비즈 7층 F749호
전화 031-792-1193, 1195
팩스 02-928-4683
홈페이지 www.pjbook.com
이메일 pijbook@naver.com
등록 2014년 8월 22일 제2020-000029호

ISBN 979-11-5848-607-5 03810

* 책값은 뒤표지에 있습니다.

박이정시선 08

바람이 되지 못한
것들이 꽃이 된다

권소영 시집

(주)박이정

너를 낳으며
나도 다시 태어났다
너를 기르며
나도 자랐으니
너는 나의 아이이자 어머니
꽃이며 씨앗이다

2021년 2월 입춘
권소영

차례

III부
지고 있는 건 꽃잎이 아니었군

IV부
마른 꽃에 물오르는 기적

V부
수선 한 송이 더 고요를 흔들 모양이다

I 부

사라진 꽃잎은 가뭇 자취도 없다

푸른 소음

백석의 시를 베끼다 잠든 밤
돌아가신 할매 꿈을 꾸네

정지는 할매의 성소였네
시루에 떡을 찌고 소지를 올리면
단군신 대감신 장군신 터줏신의 이름들이
촛불 빛에 살아났지

할매의 마당에는 신의 말이 피어났어
신령스런 산을 지나 강의 영혼을 만난 바람이 씨
를 품고 왔지

할매가 무섭기만 했던 엄마는 포도나무를 키웠네
넝쿨보다 긴 침묵 끄트머리에 열매가 맺히면
엄마는 술을 담궜지

내림받은 피에 술이 섞여
나는 꿈속에 있네

막막한 꿈속에서
꽃도 나무도 없이
소란스런 묵음만 피워 내고 있네

생화

진짜이니 눌러 보지 마세요
식당 입구 화분에 붙어 있는 글귀
저리도 한 점 흠집 없이 윤기 나는 진짜라니
농담은 아닐까 슬쩍 만져라도 보는데

아프지 않고 진짜 사랑
감별 할 방법 있었던가
기어코 짓이겨
시퍼런 즙이라도 묻어나야
발끝 저 아래부터 찌르르 올라오던
진짜의 진저리

난을 닮는다는 것

난꽃이 피었다
여린 줄기 하나에 귀걸이보다 작은 두 송이
난꽃 색이
옆에 두고 자주 읽는 시인의 시를 닮았다
참 좋기는 한데 어느 문장에
밑줄을 그어야 할지 모르겠다

친구 두엇에게 보내준 난꽃 사진에
너를 닮았다는 답이 달려 왔다
나는 보여 주기엔 너무 부끄럽고
감추기만 하기엔 아쉬운 것이
누구보다 많다

빌려서라도 오래 품고 싶은 향내가
바람보다 먼저 일렁인다

바람이 되지 못한 것들이 꽃이 된다

엄마 내가 누구야 내가 누군지 기억나
나고 말고요 사모님

나 좀 데려가 달라고 여기가 싫다고
바스라질 듯 탈색한 눈빛이 절박하다

요양원 문을 나서는 딸의 치마폭에
바람이 왔다 간다
천 년 전처럼
천 년 후처럼
바람의 어두운 기억이 꽃을 사납게 흔든다

할머니는 어디 가고 빈 지게만 지고 오셨나요
얘야 너도 이 지게 질 날 올 게야

젖은 구름 그림자 깊다
무거워진 바람이 절름거리며 왔다
간다
바스라진 꽃잎은 가뭇 자취도 없다

음치

노래는 부르는 것이 아니라
불러내는 것
우리 안에 이미 존재하므로
내 심장의 박자와 네 마음의 가락
그리고 바람의 화음이 우주의 리듬으로 흐를 때
그것은 완성되는 것

내게 다가왔던 그 많은 너와 너의 가락에
언제나 내 박자는 성급했거나
망설임의 호흡이 너무 길었다
두렵게 뜨거웠거나 덜 뜨거웠거나
충분히 깊지 못 했거나 지나치게 깊어
바람은 화음을 잃었다

변함없이 흐르는 우주의 리듬에
한 번도 제 박자를 맞추지 못한 내 노래는
내 안에서만 아프고 아름다운
절창이다

매미소리

홍해가 갈라지 듯
쏴아 갈라지는 매미 소리물길 들어서면
우리 엄마 뭐 하시나
시퍼렇게 날선 식칼 들고 뭐 하시나
진초록 심줄 불끈불끈 솟아
두드리면 탱탱하게 튕겨내는 수박통을
스윽 자르시네
벌겋게 익어 검은 사리 군데군데 품은 속이
쩍 벌어지는데
요령 없이 깊이 잘라 뼈가 보이도록
베인 손, 우리 엄마 손에 피가 솟는데
피가 솟는데
붉은 피가 솟듯이 매미소리 대책 없이 쏟아지고
우리 할매 시루에 떡 찌고 정한 물 소반에 차려
성주신 조상신 터주신 삼신 용왕신 칠성신 조왕신
금줄에 고추 좀 꽂게 해 주십사 신내린 무당인
듯한데
　청상의 무녀독남 울 아버지 차라리 돌부처나 되소

우리 엄마 눈두덩이 구천보다 깊게 패이고
엉긴 피 멍든 피 맺힌 피
쏟아 내소 쏟아 내소
쏴아 쏴아 저놈의 매미소리 쏟아지는데
여러 쪽 잘린 엄마 속을 들고
큰 년 작은 년들 참 달게도 먹는데
까만 사리는 속절도 없이 흩어지는데
저놈의 매미소리 애꿋게도 쏟아지는데
엄마 거기 계시네 생시의 우리 엄마 거기 계시네
저놈의 매미 소리 미치게도 쏟아지는데

참나무 이파리들

병상에 꼬부리고 누운 큰시누이
칠십년은 전에 떼낸 기저귀 발진 도졌다
소독하고 연고 발라 주다

엄마 생각 왜 났나 몰라
주으고 시퍼 주으고 시퍼
탕탕탕 벽을 치며
마비된 혀가 죽고 싶어 죽고 싶어를 잘라먹고
자꾸 주고 싶다던 엄마는
박제 된 오른 팔 오른 다리를 매단 채
서너 해를 해풍에 말린 굴비처럼
꾸덕꾸덕 말라갔는데

할매는 매일 매일 천수경을 외고
한 자도 틀림없이
천수를 외다 백수는 못하고 구십에 가신 할매
어찌 그리 깔끔히 마르고도
숨넘어가긴 힘들어

새똥 같은 똥 두어 방울 사리로 남겼다

발밑에서 바삭바삭
바스랑대는 큰 시누이 밑에 엄마 밑에 할매
상수리나무 이파리 굴참나무 잎
그 아래 졸참나무 신갈나무 이파리
한때 탱탱하던 것들 촉촉하게 젖던 것들

내 어깨 위로도 내려앉아
나도 자꾸 파삭파삭

Ⅱ 부

그사이 얼핏
무언가 본 듯도 하고

봄

개나리 왈칵 쏟아진 벤치
파릇한 젊은이
담배 피우고 있다
연기 몽글몽글 오르고
개나리 멀미 어지럽고
담배 불빛 깜박 피었다 지고
그사이 얼핏 무언가 본 듯도 하고
아닌 듯도 하고

늦사랑

저어기 느티나무 쩍쩍 맨살 튼 세월에
연둣빛 새살

그리 간살 떨던 햇살에
자지러지게 피어 보도 못하더니

청청한 결기로
곁가지가 부러져도 꿋꿋하더니

손주가 손주 볼 나이인 걸
아는지 모르는지

요 야살스런 봄기운에
머언 뿌리 물기 올라
남세스런 암내라도 풍기겠네

다시, 사월

푸석이는 마음이 자꾸 부서져 내려
찰지게 오르는 연둣잎 때문에 손둘 곳을 모르겠어

이도저도 다 아닌 것만 같아
이르게 핀 꽃봉오리로 가슴이라도 지져 보나

사람들 웃음을 믿을 수 없어 자꾸 밀어내다 보면
울지도 웃지도 못하는 사람이 되어 있어

남은 계절 내내
이렇게 엉거주춤일 거 같아

멈추지도
흔들리지도 못하고

봄, 꿀

사랑을 믿어요?
햇봄 같은 처녀애가 묻는다
남자가
그럼, 너무 믿지
'너무'라고 말해도 '정말'로 적는
TV자막처럼
처녀는 배시시 웃는다

넘치면 독
너무 믿어
꽃과 꽃으로 옮겨 나는 벌이여

모진 사랑의 독 한 스푼 듬뿍 풀어
해장하는 늙은 여자여

어쩌지

화르륵
벚꽃은 피어
그늘 걷히지 않아도
곰살맞은 햇살 어느틈에 응어리를 어루어

하르륵
하얀 치맛자락 불꽃은 피어
일천도로 뜨거웠어도
흰숯은 남아 사랑사랑
천지간에 흩날려

화르륵
하르륵
한 생이 피었다
지는 사이

하느적 하느적
앉을 듯

말듯
잡힐 듯
말 듯

화인花印

두텁고 너른 탁자를 사이에 두고
우리는 앉았네
분홍 꽃무늬 찻잔에 찻물이 따라지는 사이
그와 나 사이에도 차오르던 꽃즙

시간의 갈피에 눌러놓은 꽃잎에
투명하게 마른 기억의 결에
흐린 향내 여직 고여 있었던가

그날 나는 문향에서
분홍꽃 향을 본 듯 들은 듯
그 꽃즙을 마신 듯도 아닌 듯도 했네

사월

복사꽃빛 바지와 개나리색 셔츠, 진달래색 배낭이
등산로에 실하게 피었다
셋 합치면 수령(樹齡) 백육십 년은 너끈하겠다
-세상 이치란 게 원래 음양이 맞아야 하는긴데
요기 남자 하나 더 끼면 따악 좋은디 말이야-
까르르 크크큭
부풀어 터질락 말락 젖멍울 몸살 난 계집애들이
따로 없다
지나치던 소나무빛 젊은이 흠칫 걸음 빨라진다

하산길 쭉정이 셋에 막걸리 출렁거리면
쉰 향내에 날아드는 것들 많겠다

연리근

오월이 가볍다

능원(陵園)이 엄숙을 벗고 속살을 내비친다

풀잎이 투명한 허공을 비집고 선다

풀밭 위로 아이가 뒤뚱거리며 걷는다

심심 따분한 바람이 슬쩍 아이를 밀치고
아이는 균형을 잃는다

두 팔을 벌린 채 뒤따르던 아비가
번쩍 아이를 치켜든다

까르르 웃음

능陵과 능陵을 잇고 있는 뿌리가
꿈틀꿈틀 일어서고

말 안 해도 아는지 흙이 촉촉하다

깊은 포옹

담쟁이가 콘크리트 벽을 깊게 품었다

청청(靑靑)하다

옹벽도 얼핏 온기가 도는가
이파리가 파르르 떨린다

뿌리는 뼈저린 기억들을 삭혀 거름을 만든다
그렇지 않다면
푸른 피가 도는 혈관이 저리 뻗어가지 못했
으리라

잠시 내리는 비가 와인처럼 달큼 쌉싸래하다
잎들이 취기로 촉촉이 젖는다
설핏 세상이 가벼워진다

품고 있는 것이 벽이 아니었대도
저토록 선명히 푸르렀을까

생명 없는 것에조차 제 품 내어 주어야
저 자신도 깊이 안을 수 있음을 아는 것인가

내 안에도 한 오리 지극한 뿌리가 있는지
팔이 움찔거린다
나를 깊게 안을 수 있으면 좋겠다

장마

왜 당신의 눈물은 마르지 않는 건지
왜 늘 대책 없이 흘러넘치는 건지
무심한 가시에
어쩌다 잘못 스치기만 해도
송곳에 찔린 물풍선처럼
뼈와 장기들 다 흘러내리고
물에 불은 껍질 하나 남겠네

빗방울의 시간

빗방울이 토란잎에 후두둑 내려앉았다
구름이 푸른 잎맥 겨냥해
젖은 마음 내려놓을 작정한 적 없었으리라
한 뼘의 인연으로 토란잎 흔드는 절정을 살고
물의 시간으로 돌아간 것일 터

토란잎 스치는 행운으로
나 여기에 왔을까
아뜩하게 머리 울리는 우레 잦아들고
광포한 바람의 기억은 잊어
빗방울이 만든 대기의 잔무늬처럼
사람과 사람 사이 고요히 번지는 여린 파문으로
조용한 물빛 절정을 살다
순연한 무로 섞이면 참 좋은 것일 터

능소화

맨가슴으로 치받아 기어
마침내 오르고 만 황홀한 절정

천 년의 갈증으로 되짚어 올라도
끝내는 피할 수 없는 허방을 잡으며
토해낸 간절한 탄성

사랑하면 놓아줄 줄 알아야한다
잡은 손 떼면
불볕 담장에 생가슴 지져 피는 저 열꽃

모가지 채 툭 떨어져 흙바닥이어도
마알갛게 눈뜨고 있는
중독된 사랑

절정

꽃은 그저 좀 고개를 사분의 삼만 들고서
살짝 열까 말까 그 찰라가 참말 좋은데
스친 듯 아닌 듯 아리송한 숨결에도
제풀에 지고 말다니

그렇게 흔전만전이면
그도 이내 시들해질 터
활짝 피는 건
생애 오로지 딱 한 번만

소나기

아무도 읽어주지 않는 시를 날마다 쓴다
세상에 있을 법 하지 않은 소년을 사랑한다
탱자나무 그늘이 좋다

찔러라 할퀴어라
설사 환상통일지라도 아플수록 절절한 것
소년은 늙은 얼굴이 없다

내 분홍 스웨터에 풀물 든 적 없었다
나의 들판에 먹구름 몰려온다

날마다 아무도 읽지 않는 시를 쓴다
앞으로도 누구도 읽지 않을

Ⅲ부

지고 있는 건 꽃잎이 아니었군

소월

구백아흔아홉 밤을 구백아흔아홉 번
하늘 정기로 영근 뿌리
마악 껍질 벗고 살캉거리는 속살 드러냈다

더덕향 짙은 달빛

마침내 겹겹 옷 벗어내고 맨살로 선 여자
삼백예순다섯 날을 쉰 번쯤
땅에서 농익어 뜨는 달

단풍이라 부르지 마라

  내장산 가지마라 설악에도 월악에도 그리 쉽게
가지마라
  상기된 얼굴 황홀한 눈빛들로 가벼이 설렐 일
아니다

  이것은 흥에 겨워 물든 것 아니다
  초록이 지친 것도 아니다[*]

  쪼개지고 무너지고 부서져도
  다시 일어나 앓고 있는 몸살이란 말이다

* 미당의 '푸르른 날'에서 따옴

선운사

드디어 그곳에 갔더니
동백꽃도 막걸릿집 여자도 없더라
꽃멀미 아찔했을 꽃무릇
잎도 없이 피었다
칼금 같은 줄기만 남겼더라

입추

진진초록 매미울음 잠시 멈춘 사이
가까이 울어도 먼 듯 풀여치 소리 아릿하다
습자지마냥 얇게 닳아진 날개가
여린 속내 투명하게 들킨 채 파들거린다

쉰 해 넘는 여름 동안
저민 생강편 같은 내 심장의 울림은
누구의 귓가에 저만치나 닿았었나

여윈잠 깬 새벽 우부숙한 근심의 수풀에
맑은 물 한 잔 흘러들 듯
우릿하게 스며오는 찬 기운

가을의 용서

여름 눈빛에
은행잎이 시퍼렇게 날이 섰어

하루 반 뼘씩만 삭여 내여
노릿노릿 그윽해지다 보면

소지를 올리듯
마른 몸 불태우고
희끄무레 먼 하늘로 스밀지 몰라

낙화

죽은 자와 산 자가 뒤섞여 흔들리고 있네
차갑게 닫힌 문 위로
꿈송이들이 흩날리고

아플 것도 슬플 것도 없는 죽음
어느 스님이 꿈꾸던 그런 마지막이네
끝은 또 처음과 맞닿아 있으니

지고 있는 건 꽃잎이 아니었군

사랑이란
그렇게 잠깐이었다네
아주 짧은 절정을 위한 기나긴 연주

꽃 진 자리

타다 말아도 꽃 진 자리
다 타고 말아도 꽃 진 자리일 터인데

바람이 흔들 때마다 숨 멎을 듯 일렁일렁이다
끝내 훅 하고 꽃 지고 말았을 테지

채 식지 못한 눈물 어룽어룽거리고
그을린 심 하나 차마 눕지도 못 했을 테지

야물디 야문 응어리 속에도
깊숙이 박힌 심지 하나 여전히 있어

문득, 불씨 옮겨 붙는 찰나 그 찰나
꽃은 또 간절하게 피어날 터인데

바람 부는 날 개화사 석탑 앞에 꽃 진 자리
수두룩이다

누가 다녀갔는가, 이 겨울

목덜미에 닿는 숨결
생애 첫 번째 시
자욱한 슬픔의 언어

불현듯 휘몰아치는 현의 선율 눈보라 눈보라
뿌리까지 저려라 저, 눈 빛

두둥 정수리를 치는 북소리 목소리
차츰 잦아들다
서성거리다 사라진다

눈먼 동화 마지막 페이지가 닫힌다

눈사람을 만들어요

사랑을 믿어요
우리 눈사람을 만들어요
나는 몸통을 만들게요
당신은 머리를
갓 내린 눈은 작은 새의 깃털처럼 떨고 있어요
놀라 달아나지 않도록 부드럽게 두 손에 담아
꽁꽁 뭉쳐요
펄떡이는 심장이 느껴지나요
이제 처녀의 속살 같은 눈 위로 굴리는 거예요

당신이 만든 머리엔 입이나 귀는 붙이지 마세요
감은 눈이면 족해요
내 뛰는 심장과 당신의 감은 눈만으로
눈사람을 만들어요
녹아 눈물로도 남지 못할

사랑을 믿어 봐요
저렇게 또 눈이 오잖아요

나는 머리
당신은 몸통을 만들어요
머리엔 감은 눈만 붙일래요
녹아 질척이는 환멸만 남아도
감은 눈은 눈을 기다릴테죠

삶도 사랑도 죽음도 시작해야 시작되므로
우리 눈사람을 만들어요

해마다 첫눈은 오고

서걱거리는 초로의 사내
아슴한 연서(戀書)가 열린다

열린 하늘에서 언어의 조각들이
환하게 부서져 내린다

더는 숨지 못한 내밀한 속삭임들이
벅찬 숨결을 하얗게 터뜨린다

아무 것도 그냥 사라지지는 않아
그 소녀의 눈빛이 시리다

쌓여진 언어들 위에 또 한 세월이 덮인다
사람살이 어디쯤 아릿한 마지막 동화가 남았다

나목(裸木)의 편지

첫눈이 내리고 있네
그대 보내고 여러 날
쓰린 눈으로 벌거벗은 밤 견뎌야 했네
그대 아실까, 이별은 절대 면역되지 않는 통증
잘려진 시간으로 나를 재셨나
그러나 알면서도 말하지 못했네
그대의 무한한 다른 삶 속에 내가 있음을
언어는 망각의 깊은 강을 건널 수 없네
그대 기억 못 하리
그 모든 탄생의 환희와 소멸의 추위를
무수한 반복의 고리를 향한 무력한 저항을
이것은 거역할 수 없는 의지
거부할 수 없는 본능
이제 눈이 그쳤네
희미하던 그대의 흔적마저 묻혔지만
떨리는 몸으로 듣고 있네
모든 기억들이 용해되는 대지의 숨결
꽃과 잎의 푸른 생이 품어 드는 대지의 침묵

그럼 그대여, 그대였던 기억이여
내가 기억하지 못하는 나여
또 다시 안녕

겨울 나그네

큰언니, 작은언니가 눕고
내가 누웠다
큰언니가 운을 뗀다 "산산이 부서진 이름이여"
작은언니가 받는다 "허공 중에 헤어진 이름이
여"
큰언니의 불러도 주인 없는 이름
작은 언니의 부르다가 내가 죽을 이름쯤에서
흐흑 숨이 막혔다
갈래머리 큰언니, 단발머리 작은언니가
"시몬 너는 좋으냐 낙엽 밟는 소리가"
함께 속삭이면
흰 홑청 양단 이불 속 나는
이국의 숲에서 마른 나뭇잎으로 바스랑거렸다
시몬
시몬

그 밤
신비로운 세계의 첫 키스에 사로잡힌

그날 밤

나는 여행을 떠났다

떠났으나 목적지에 닿지 못했다

아주 오래 닿지 못하고 떠돌다

눈 오는 숲속에 지쳐 쓰러졌다

주름진 언 손을 뻗어 보았지만

흰나비는 손가락 사이로 하느작거리며 사라
졌다

저만치서 여전히 매혹적인 그곳은 아물아물
닿을 수 없었다

순결한 입술이 속삭였다

시몬

시몬

몽롱한 몸 위에 눈이 쌓였다

춥지는 않았다

내 야위고 늙은 몸피만큼 눈이 높아졌다

실연

눈이 오네요
첫눈 오는 날 그 여자가 내게 그렇게 말했어

그는 그 말을 두어 번 더 반복했다
카페 창밖으로 눈발이 날리고 있었다

그 순간 알았다
그가 내게서 떠나 버렸음을
눈이 온다
는 말은
그냥 무심한 듯 그에게 던졌던 그 여자의 말은
그를 덮고
나를 까마득히 덮고
봄 가을 여름을 덮고
세상을 덮고도
여전히 쏟아져 내리고 있었다

IV부

마른 꽃에 물오르는 기척

행복한 불모

바람도 늙은 땅에는 씨앗을 떨어트리지 않
는다
새순 없이 봄을 맞고
경계가 서서히 밀려날 때만 해도 견딜만 했
는데
봉우리 현저히 성글어지더니 마침내 회복불
능이다
푸석한 풀잎이 바람 부는 방향으로 누울 때
마다
드러나는 맨땅

오후 세 시 반 카페
머리밑 훤한 초로의 여인네들이
까르륵 풍선을 터뜨리고
창가에 앉았던 새가 어리둥절한 채 날아간다
낮아진 햇살이 비누방울처럼 떠다니다
초겨울 저녁쪽으로 아늑하게 잠기고 있다

본 투 비 블루

점심 설거지와 저녁 장보기 사이 막간에
'쳇 베이커' 영화를 보지
도서관에서 너덜거리는 하루키를 빌려와
'재즈의 초상'에 빠지다
육쪽마늘을 찧기도 해

바닷가 재즈 카페 주인이 되거나
200개 도시를 떠돌며 시를 낚고 싶었어

마늘의 독한 냄새가 터질 때
마약상들 '쳇 베이커' 이빨을 부러뜨리네
트럼펫이 몽롱하게 경계를 넘는 동안
나는 마늘을 찧고 있지

재~즈
나는 자꾸 눈을 감고
블루 블루
태어나서 우울한 베이커

우울에 익사하고 말았어

비릿한 콩나물무침 푸른 미역국 건너
무엇이라도 좋아
경계를 넘은 그것과 눈 맞을래
저녁 설거지와 아침밥 짓기 사이 막간에

뭍도 물도 아니고

　날 선 칼날로 금 싸아악 그어도 글로 말로 굳는 송진 한 방울 맺히지 않는 걸 보니 분명 소나무는 아니고요 요상한 꽃향내 십 리 가는 밤나무도 못 되는 거 아는데요 나도 너도 밤나무 수런거릴 때마다 목덜미 뜨끈한데요

　읽다보니 쓰고 있고 쓰다보니 읽고 있는 죄로 뭍도 물도 아닌 가슴팍에 모 한 포기 못 꽂아 못 키우고 한 오리 제비꽃 뿌리 못 적셔도 혼자서 젖기만 하는데요

　너도밤나무라며 나도밤나무가 천 그루를 채웠다는데요 눈 밝은 탱자나무 울타리 카랑카랑 합니다.

오독

땅속에 숨어 십칠 년
매미의 일생을 찍은 칠 분짜리 다큐에서
등을 찢어 몸을 벗고서야
서서히 펼쳐지던 날개

그 날개, 황금색 가로등 아래에선 금빛
어둠 속에선 어둠조차 품는 해탈

아침공기를 잘게 부수는 저 오도송
몸 벗은 몸에서 울려 나오는 노래는
심오한 주문임이 분명하리라 했는데

그저 짝을 향한 유혹이었다네

꽃무릇 방에 머무르다

말을 얻고자 절에 들었네

해탈문 지나 극락교 건너
꽃무릇 방에 머무르네
다 내려놓으라 이르는데
얻어 가고자 하였으니
끓어 넘치는 신열 아직 내게 남았는가
잎도 없는 붉은 꽃만 지천이네

본래 희지도 검지도 않노라 하는데
하얀 눈밭 벗은 나무 선연하고
짧지도 또한 길지도 않노라 하는데
내 짧은 혀는 길게 말을 풀어
계곡 얼음장 아래서도 수선스럽네

머뭇거리던 나의 시는 예까지 따라와
회청색 동종소리에
마른 삼줄기처럼 흔들리는데

절은 여전히 말이 없네

그냥 그래서

하늘은 그냥 하늘색이라고 생각했었어
어떤 시인들의 하늘은
검정 파랑 회색 주홍 보라
또는 그것들이 섞인 어떤 먼 색깔

그처럼 다른 언어로 쓰여진 세계는 잡을 수 없어
희미한 향기 같은 것만 남기고 사라져

프랑스어나 러시아어 배우기보다
더 어려운 하늘색 언어
그 언저리에서 팔년 반쯤 빈입만 벙긋대다

문득 아득해졌어
허공이어서

나이테

꿈에 우는 것이 습관이 되었나
잠에서 나오면 울음 꼬리 남아 있네
내 속에 무엇이 나를 울리나
기억하지 못 하네

나이테는 나이테 안쪽에서만 자라지
한 겹의 세월이 한 겹의 죄를 싸안는 동안
연약한 속죄의 싹이 돋아 꽃 피기도 했지만

어쩌랴
지워질 리 없는 붉은 줄무늬들

털면 먼지는 나는 거라며
상습적으로 피어나는 생의 허물들이
이 순간에도 저장되고 있네

이터널 러브

쌍꺼풀 없이 콧날 반듯한 그 젊은이가
세 곳의 세상, 세 번의 삶에서
사랑하는 한 여인

생이 거듭되고 세상이 달라져도
오직 한 남자
오로지 한 여자여야만
간절하게 절절하고
사무치게 사무치는 법

표정 연기 일품인 젊은 배우 보며
오래 잊고 살았던 그 푸른 향에 취했다

인간세 육십 년
신선계에선 몇 날일 뿐이라지
복사꽃잎 흘러내리는 냇물 거슬러 올라
도화원에 닿아 보는 밤이다

알 수 없는 일

언젠가부터 목소리가 떨린다
사람들은 내게 어디가 아프냐고 자주 묻고
의사는 떨리기 시작한 게 언제였냐고 묻는다

백목련 꽃잎 누런 광목색으로 떨어질 때
그때였을까
능소화 모가지채 툭 떨어져 버리던
그 순간이었을까

나는 울고 있지 않은데
내 안의 무엇이 자꾸 내 목을 울게 하는 걸까

상세불명의 장애 진단을 받고 나오는 길
버려진 신문 한 귀퉁이
시리아의 독극물 공습으로 죽은
쌍둥이 아기를 안고 남자가 오열하고 있다
그 얼굴 위로 벚꽃이 내려앉는다

후유증

잠이 달콤한 건
살아 있는 덕분이라 여기며 다시 잠든다

삼 인분의 빨래를 삼 일간 빨아 널며
지나온 곳의 냄새에 일렁인다

나흘은 더 자도 좋겠다며 다시 잠든다

지베르니에서 오베르 쉬르 우와즈
또는 더 멀리 루체른 호수까지
덜 마른 빨래처럼 촉촉한 건
역시 이렇게 돌아올 수 있어서

다시 떠날 수도 있어서
이제 한 열흘은 빈센트의 별빛 아래서
더 자도 좋겠다

오래된 사랑

창탕 고원의 소금호수
그건 하얗게 응고된 수천만 년의 목마름 같아

누군가의 가슴에서 일렁이는 바다가

길 없는 곳에 길을 트고
길 아닌 곳에 길을 만들었지

여행자

바이칼 호숫가 언덕에서
혼자 어슬렁거리던 개가
멈춰서서
바위의 소리를 듣는다
개는 풍경이 되고

나는 풍경 속에서 나를 읽는다

기시감

홍콩 심천 마카오
서로 차이 나지만 쉰여섯 부족 모두 차이나
라는
가이드의 재치에 웃고 있다가

그 어느 부족도 차이나는 아니라고
부족은 오직 부족으로 온전할 뿐이라고
혼자 또 웃는데
언젠가도 이렇게 웃고 있었던 것 같아

장족 회족 묘족 이족 동족 리족
쉰여섯 부족에서 여인으로 태어나
쉰여섯 번 다른 삶을 살며 울며 웃고 있다
쉰여섯 개의 다른 언어로 그랬는지도 몰라
사랑한다

세상에 다시 없는 언어로
사랑한다고 했는지도 몰라
언젠가 그랬던 것 같아

그곳, 여자

베니스에는 황금색의 여자가 산다
블루블러드가 흐르는 여자의 집에서 하룻밤을
묵었다
여자는 숙박비보다 비싼 하이힐을 신고도
우리의 짐가방을 번쩍 들어 가파른 계단을 올랐다

콜롯세움 기차역 청색 담배 간판 아래
여덟 시까지 여자는 도착하지 못했다
우리는 비싼 로밍폰을 자꾸 사용해야 했다
새빨간 양산을 쓰고 로마의 폐허를 설명하던 여
자는
결이 삭지 않은 배춧잎 같았다

런던 민박집 주인 여자는 어쩐지 게이의 냄새를
풍겼다
아침엔 씨리얼과 우유, 저녁엔 라면을 먹을 수
있고
자정이 넘으면 샤워를 할 수 없다고 했다

히잡을 쓴 여자는 폼페이 유적지 출구에 앉
아 있었다
아이 셋, 무릎에 눕고 양팔에 매달렸다
펼쳐진 치마폭에 동전 몇 닢
콧마루가 있어야 할 그 곳이 시커먼 허방이다
칼날을 들어 여자를 베었을 남자는 보이지
않았다

사랑에 관한 잡담
―인도 이야기

내가 죽으면 저런 묘지를 세워 줄래요?
―그럼, 내가 왕이 될 수 있다면 지어 주지

여보, 우리가 보고 있는 저 별빛
시간에 실려온 환영일지도 모른대요
오래전 이미 사라진 별이 남긴 사랑일까요?

샤 자한의 별
뭄타즈 마할은 열네 명의 아이를 낳았대요
그 아이들 중 하나가 자신의 아버지를 아그라성
에 가두었대요
야무나 강 건너 저 붉은 성에요
죽은 별이 남긴 별빛이 왕의 가슴을 찌른 거죠

탑에 갇힌 왕
왕비 없이는 잠들 수도 없는 왕
그 밤에도 또 타지마할은 피어났겠지요

여보, 우리 갠지스강에 꽃등을 띄워요

강은 죽음의 뿌리를 거두어 삶의 줄기를 키
우지요

우린 꽃을 피워 보내요

당신이 왕이 된다면

갠지스강가 맨발의 아이들에게 별을 나누어
주세요

그곳에서 꽃들이 피어났다

뉴델리에서는 버스의 커튼을 내릴 수 없다
일곱 개 붉은 그림자 위로 처녀의 피가 스며들자
검은 꽃이 피어올라 버스를 뒤덮었다
버스에 장막을 치는 것 금지 되었어도
여전히 피 냄새 자욱하다

밤마다 갠지스강 붉은 꽃이 뜨겁다
검은 강은 수억의 질문에
답 대신 화두를 던진다

분신공양을 받은 아침 강이 풍만하다

마른꽃

바람의 도시에서는
시간이 소년의 향기와 빛깔을 간직한 채 마
른다

다리를 허공으로 뻗은 꽃송이들
한 번의 입맞춤도 없이 박제된 꽃잎

삼십 년 세월, 잠에서 깨어나면
그저 사흘 밤낮이 흘렀을 뿐
젊은 어미는 그를 위해 가마솥에
저녁쌀을 안치고 있을 거라고
코리아타운 김사장의 눈길이 바스라진다

바람이 반백의 머리를 헤집는다
마른 꽃에 물오르는 기척

V 부

수선 한 송이
더 고요를 흔들 모양이다

첫 경험

"우리 엄마 죽었데이~"

늦둥이 다섯살배기가 대문 밖으로 고개를 내밀고
한 마디하며 소맷자락에 콧물을 쓰윽 닦는다

한 손에 형한테 얻은 딱지 두 개 꼭 움켜쥐고 있다

담벼락 밑 쪼그리고 앉았던 꼬맹이 둘 멀뚱히 바라본다

상가를 들어서던 여인네

쯧쯧 아이 머리를 쓰다듬는다

개나리 묘원

형 한 잔, 나 한 잔
반 병은 그냥 남겨 놓고 왔어

플라스틱 컵으로 덮인 소주병
바람이 절반을 채웠다

너의 흔적을 내가 기록하게 되다니
용서할 수 없는 농담은 아닐까

착했는데 정말 착했는데
끝맺지 못하는 사람들의 말에
바보였다 대답했다

누이 잔도 받아라
그날 눈발 흩날리는 산속에서
너는 홀로 떠나며 붉은 꽃을 피웠더냐

손대지 않은 소주잔이 바람에 흔들리고

답 없는 물음
지친 울음들이 뒤척인다

포도나무집 둘째딸

초록잎 사이 숨어 물든 첫 포도알 같았어
분홍 손수건 손목에 살짝 묶으면 햇살까지 설렜지

감포 바닷가 할매집 문간방 소꿉장난 같던 신랑
신부
이제 반백머리 검은 물 들이고
멀리 지는 해 순한 들녘에 사는
언니

굽이굽이 돌 때마다 곱이곱이 오를 때마다
강물 담아 속으로 흘리고 바람 맞아 고개 숙였
으니
세월이 앞서와 기다렸대도 그저 잠잠히 웃고 마는

언니가
언니라서
참 좋았던 여기

꽃술

동식이 경식이 영식이
미숙이 영숙이 은숙이 명숙이
삼식이와 사숙이들
선생님보다 더 흰머리 많은 창수까지
꽃잎 분분 벚나무 아래 둘러앉았다

영숙이 니 동생은 뭐하고 사노
경식이 너그 아부지 그때 술 마이 마싯는데
요즘은 어떠노
동식아~ 너그 형은 아직 소못골 사나
육십 명 넘는 아이들 여직 그리 꿰고 계시는지
깊은 골 너댓 개쯤 건너 다시 만난 선생님
니 얼굴에 세월이 마이 앉았구나 하신다
선생님요, 열세 살 가시나 그때가
암만해도 내 전성기였던 거라요 하다가
웃음에 취하는데
취해서, 웃는데

꽃잎이 저 혼자
찌그러진 양은 술잔에 내려앉아
꽃술을 만든다

개띠들 송년의 판에

우리가 웃음을 울었던가 울음을 웃었던가
자꾸만 채워지던 맑은 강인지 푸른 물인지
따라 흘렀던가 아니었던가
얘들아 막걸리라도 한 잔 더
불러 세운 이 너였던가 나였던가

날선 모서리들 낡은 양은 잔 속 노글거리면
금 안의 남자 여자들 하릴없이 줄도 그어 보고
니 고독 내 외롬 키 재기도 했던가
취기와 치기 사이 출렁여도
반백 년 실히 넘어 흠집 많은 탁자 뿌리 깊으니

노래방은 니가 쏴라 묵은 빚 받듯 떼도 썼던가
사랑 그 쓸쓸함으로 광화문 연가를 부르던 그
세월은 가도
우리들의 노래는 흐르지 못해 깊어만 졌던가
흐르지 못한 만큼 젖은 몸 곧추세워
물인지 눈물인지 제풀에 잦아들거든

그래,
명숙이가 배차적 부치고 미숙이가 무꾸적 지지면
막걸리 몇 병으로
남한산성이라도 허물어보자고 했던가
그랬던가

용석리 총동창회

듬성듬성 푸릇푸릇 풀들이
불임의 마당에 폐경 여인의 거웃처럼

다시 금줄 칠 일 없는 교문에는
총동창회겸 체육대회 현수막이

어디로 다 갔나
응원 할 달리기 축구는
관중 없는 족구 결승전에서
막걸리 두어 사발 걸친 사내들 바람을 차고
있다

한 쪽 어깨 부러진 늙은 대추나무
덜 여문 고것들 주렁주렁인데
그 여린 매운 손들
모두 어디로 갔나

부글부글 육개장이 끓는다

천막 아래 떡이며 부침개며 오징어무침이며
노래방 상자가 흥이 오른다
육십 년 바라기 양지마을 그 소년이 마이크를 잡
았다
칠순의 소녀가 막걸리 한 잔에 수줍게 흔들린다

흔들흔들 흔들린다
아이들은 떠났고
아이들은 다시 오지 않고
폐교 운동장이 오랜만에 흔들린다

길

둘레길에 오거든 둘레둘레
가다 쉬다 가다 놀다 자고 가소
굴레 굴레 벗어 굴렁굴렁 굴리며 가소
뜻 모르는 사월눈 내리거든
무슨 연고인고 캐묻지 마소
천왕봉 산신님 꽃바람에
마눌님 쌍클한 눈바람인가 여기고 마소
제석봉 연화봉 촛대봉 신령한 이름
벌렁벌렁 뜨거운 가슴으로
겅중겅중 오르고 싶었던 적 누군들 없겠소
그래도 둘레둘레 둘레길로 가소
털레털레 걷다 하룻밤 묵어도 가소
할매 민박집 베갯잇에 먼저 간 사람들 머리때
수건 한 장 슬쩍 덮으면 그뿐 아니겠소
텁텁 걸쭉한 막걸리 한 잔이면
온 밤이 달기만 합디다
숙덕숙덕 쑥버무리 먹던 어린 시절 숙덕이며
등구재 너머 내리막길

오복이 모여 앉은 쑥 한 줌도 뜯으며 가소
다시 오지 못하오
다시는 돌아오지 못하오
둘레둘레 둘레길로 가소
산기슭 허물어진 빈집에
붉은 꽃 피었거든
잠시 멈추고 선 채로 보고 가소
사라져가는 것이
사라진 것들을 슬퍼하는 것
그보다 미치게 아름다운 걸 본 적 있소
둘레둘레 둘레길로 가소
가다가 금계에 닿거든
한 시간에 한두 대 오는 완행버스
기다리지 마소
목소리 걸걸한 택시 아저씨
이틀 걸려 넘어온 길
십오 분에 모셔다 준다거든
그냥 냉큼 타고 가소

뒤도 돌아보지 말고 가소
못 돌아오오
다시는 못 돌아오오
사라져 가는 것이
사라지는 것들을 위해 우지는 마소
둘레둘레 둘레길에 오거든

버짐꽃 어미 저승꽃 어미

애야 내 말하지 않았더냐 소금 먹은 놈이 물 키고 그 우물 안 먹겠다 침 뱉고 돌아서면 그 물 마실 날 꼭 있다하지 않았더냐 너도 이제 입동에 들어 마지막 붉은 단풍도 떨어질 나이 어떠냐 짧지 않은 세월 살며 내 말 틀린 것 있더냐 남들은 냉골 같은 계모였다 입방아 코방아 찧는 거 내 다 안다만 자식을 어디 몸으로만 낳는다더냐 누구도 짐작 못하는 촘촘한 인연의 그물로 건진 자식 탯줄 끊고 젖은 몸으로 안은 자식보다 질기고 질긴 줄로 매인다는 걸 모르는 소치라 여긴 지 오래다

애야 어떻더냐 산 넘으니 강이고 강 건너니 또 산 아니더냐 내일이면 더 나으리 속으며 사는 게 인생이라 내 말하지 않았더냐 흐르는 눈물로 얼어붙은 네 몸에 서리꽃 피는 걸 내 모르겠느냐 그러나 보아라 말라 버짐꽃 늙어 저승꽃 핀 어미 가슴도 풍요로운 젖으로 출렁이는 법 친모親母 계모繼母 양모養母 가르지마라 어미는 모두 간절한 눈물

이고 지극한 용서고 축복인 게야

　애야 나 이제 병들고 총기는 흐려져 긴 글도
힘에 부치는구나 살아 죄 지으면 축생 되어 죗
값 받는다 믿었다만 지금은 모르겠구나 죽어
따로 가는 데가 있는 것인지 참으로 모르겠구
나 그저 나른하기만 하구나
　너와 나 행여라도 다시 닿는다면 너는 내 어
미로 나는 네 딸로 만나자 그리 만나자

무진장경霧津藏經

삼시 세끼 밥짓기를 화두인 양 잡고 살다가
해인사에 올랐네
장경판전엔 발도 못 들이고
대적광전 부처님께 황감히 삼배만 드렸네
해인도 돌고 돌다
해인 카페 차 한 잔 시켜 놓고 무심인데
추적이던 빗소리
문득
희한하게 화안해져
번쩍 눈 떠보니
기왓골에 내린 빗물
활짝 핀 연꽃 처마에서
꽃잎으로 분분이네
"어머, 이게 해인삼매海印三昧인가"

속에서도 속을 모르는
안개 속인 깜냥에 내 무슨

무참함 지우듯 백련암에 올라
고심원 돌난간에 새겨진 연꽃 봉오리 벙글기를
무진장無盡藏 시간 한 조각에 실려 기다리다
아무래도 내게는
두고 온 밥짓기경이 제격이지
그만 가야산 굽이 길을 되돌아 돌아돌아
내려오고 말았네

세련된 인생

잘 먹고 잘 싸고 잘 자는 거 말고 내 더 바란
거 있담 새끼들 잘 사는 기지 기저귀 차고 똥 지
리며 청소일 식당일 뭐 위해서겠노 남들은 그리
새끼 거둬봤자 나 죽으면 그만인 걸 우째 그리 어
리석냐더라만 하는 일마다 말아먹고 꼬라박고 에
미 쳐다보는 저놈 지는 그러고 싶어 그러나 지지
리 못한 공부야 에미 애비 물림 때문 안 풀리는
운이야 삼신할미 날 잘못 잡아 주신 탓 수술 하
고 똥주머니 차고 몇 년 더 살면 뭐하나 병원 들
고 나고 배배 말라가느니 맛난 거 먹고 못 가본
데 가보고 말짱한 내 몸으로 짱짱하게 살란다 혹
여 나 자리 보전커든 병원일랑 데려가지 마라 코
에 입에 주렁주렁 산송장 만들지 마라 내 나이 예
순 아홉, 아홉 수 어찌어찌 넘기고 일흔 줄에 한
두 해 멈췄다 가면 그리 설울 것도 없다 조선 천
지 어델 가도 온통 노인이더라 나 하나 없어도 그
만인 걸 사는 동안에야 못 배우고 못 가져 초라했
다만 마지막 떠나는 길은 일류로 세련되게 갈란다

자꾸 나이테를 더듬습니다

엄마는 젖을 뗄 때
젖가슴에 옥도정기를 발랐습니다

마음이 아플 때도 약을 바른다는 걸
그때 처음 알았습니다

정을 떼고 나면
젖줄이 말라 삶이 시든다는 걸
마음을 접어 보고 알았습니다

작약 꽃잎 활짝
바깥을 향해 부풀어 오르던 시간과
피정을 떠난 날들처럼
깊숙이 단단해지던

연하고 진한 계절의 반복

햇볕 길어지며 열렸던 세포들이

밤이 오래 머물수록 움츠려 두꺼워졌습니다

밖으로 피어났다 안으로 깊어졌던
수축과 팽창의 줄무늬 더듬는 일
점점 잦아집니다

설레지 않으면 버리라고?

휘리릭 책장을 넘기다
맘에 꽂힌 한 구절
그 시집 빌려와 두근두근 설레다

엇? 이건 어디서 읽은 적 있는 시인데

내 책장에 이미 꽂혀 있는 똑같은 시집

처음 읽었을 때 나를 일렁이게 했던
그리고 그만, 잊고 말았던
그 페이지
당신 안에 여직 있겠지?

환갑

예순한 살 생일에 필요한 건

햇살 한 뼘
맑은 공기 한 줌
그리고
연보라빛 시폰 원피스 한 벌

일곱 송이 수선화

시댁에서 무궁화나무처럼 설상을 차렸다
늙은 나무가 되어 돌아왔더니
빈집에 수선화 다섯 송이 피어 있었다
노랑 멀미가 심하던 시절에도
수선화만은 좋았다

늘 수선화를 그리고 싶었는데
검은 데생만 하고 있다

햇살 눈빛 부드러우니
곧 수선 한 송이 더 고요를 흔들 모양이다

윤초潤草

잠시 맺혔다 얼룩으로 남아도
우리가 여기 있음이
대수롭지 않은 일이라 하지 말자

시간과 공간
씨줄과 날줄이 닿는 무한대의 접점
그 한 점에 이렇게 함께 머무름이
어디 그리 쉬운 일인가

흔적없이 사라진다 해도
또 어느 아침 어떤 풀잎에
맺혀 있을 텐데

당신의 훈민정음

-김동언 박사 은퇴에 부쳐

ㄱ ㄴ ㅁ ㅅ ㅇ ·

입과 눈이 열린 그날부터

나랏말씀으로

오롯이 한 삶을 살았으니

때로 고단했으나

고요했고

아름다웠다

당신의 풍경

소유정(문학평론가)

1. 바람이 되지 못한 이름은 어디에 맺혔나

권소영 시인의 시에 대해서라면 시집의 제목에서부터 이야기를 시작해야 하지 않을까. 우리가 이 시집과 마주했을 때 가장 처음 만나는 문장인 '바람이 되지 못한 것들이 꽃이 된다'는 말에서부터 말이다. 이 아름다운 문장을 곱씹다 보면 그 안에 쉽게 가늠할 수 없는 많은 의미가 스며있음을 깨닫게 된다. 바람이 되고 싶었지만 그러지 못한 것들이 결국에는 꽃이 되었다는 말은 바라는 존재로는 되지 못하였으나 또 다른 존재가 되어 버린 이들에 대한 은유다. 바라는 것은 못 되었으나 흩어져 버리지 않고, 부단히 어떤 존재를 향하는 자의 '되기'로의 이행은 시에서 드러나듯 비단 한 세월만의 것은 아니다. 그것은 "한 겹의 세월"이 쌓여 만들어진 "지워질 리 없는 붉은 줄무늬"(「나이테」)

만큼이나 여러 시간을 지나온 것일 테다. 그렇기에 '바람이 되지 못한 것들이 꽃이 된다'는 제목으로 묶인 시를 읽기 위해서는 세월의 결을 살짝 들춰 보려는 노력이 필요하다. 시인의 표현을 빌려 "밖으로 피어났다 안으로 깊어졌던/ 수축과 팽창의 줄무늬를 더듬는 일"(「자꾸 나이테를 더듬습니다」)은 비단 시인에게만이 아닌 그의 시를 읽는 우리에게도 반드시 필요한 작업이다. 시인이 내보인 촘촘한 시간의 결을 매만지며 우리는 무엇을 발견할 수 있을까. 아무래도 궁금한 것은 '바람이 되지 못한 것', 마침내 '꽃'이 된 존재일 것이다. 그렇다면 권소영의 시에서 '바람이 되지 못한 것'은 궁극적으로 무엇을 가리키는가. 시집의 표제작을 함께 읽어 보자.

> 엄마 내가 누구야 내가 누군지 기억나
> 나고 말고요 사모님
> 나 좀 데려가 달라고 여기가 싫다고
> 바스라질 듯 탈색한 눈빛이 절박하다
>
> 요양원 문을 나서는 딸의 치마폭에
> 바람이 왔다 간다
> 천 년 전처럼
> 천 년 후처럼
> 바람의 어두운 기억이 꽃을 사납게 흔든다
>
> 할머니는 어디 가고 빈 지게만 지고 오셨나요
> 애야 너도 이 지게 질 날 올 게야

젖은 구름 그림자 깊다
무거워진 바람이 절름거리며 왔다
간다
바스라진 꽃잎은 가뭇 자취도 없다

　　　　　—「바람이 되지 못한 것들이 꽃이 된다」 전문

　딸이 묻는다. 엄마, 내가 누구야? 내가 누군지 기억나? 그러
자 엄마가 답한다. 나고 말고요, 사모님. 짧은 대화에서 느껴지
는 슬픔의 크기에 대해서라면 정확한 언어로 설명하는 것이 불
가능하지 않을까. 사라진 엄마의 기억 속에 존재하는 '나', 엄마
의 "탈색한 눈빛"만큼이나 바래진 기억으로 존재하는 '나'의 쓸
쓸한 모습만이 잔상으로 오래 이 자리에 남는다. "데려가 달라
고" 애원하는 엄마를 남겨두고 요양원을 나설 때 문을 열자 화
자의 치마폭에 '왔다 가는' 바람은 화자의 마음을 할퀴는 유난히
시리게 느껴지는 공기이기도 하지만, 엄마와 '나'의 시간, 그것
을 품고 있는 기억이기도 하다. 다만 내게 오래 머무르지 못하
고 왔다 가는 시간, 나에게는 있으나 엄마에게는 없는 기억으로
바람은 존재한다. 그것은 화자의 슬픔을 먹고 자라 한없이 무
거워지고, 무거워진 채로 '나'를 사납게 흔들기도 한다. "자취도
없"이 "바스라진 꽃잎"이 '나'와 다름 아닌 것처럼 느껴지는 것도
이와 같은 이유다.
　'왔다 가는' 바람을 감각하며 화자는 다시 한 번 자신이 '바
람'이 아닌 그것을 견뎌내야 하는 '꽃'임을, "바람이 되지 못한

것"은 결국 '나'임을 깨닫는다. 하지만 사나운 바람이 몰아친다고 하여, 그것이 '나'를 부서지게 한다고 하여 그가 좌절에 빠지거나 내내 괴로운 상태를 지속하지는 않는다. 시집의 곳곳에서 '나'를 흔드는 바람을 극복하기 위한 노력이 발견되기 때문이다. 그 중 하나는 다른 이의 바람이 되진 못했지만, '나'의 바람을 불러 내는 것이다. 정확히는 '나'의 바람에 존재하는 이들을 불러보는 일이다. 이 시에서처럼 가깝게는 엄마, 할매, 큰 언니, 작은 언니와 같은 가족들, 동식이, 영식이, 미숙이, 명숙이 같은 동창회 친구들까지. 간절히 불러보는 이름들은 '나'를 기억하고 있을지는 모르겠지만, 적어도 '나'에게는 시간의 나이테 사이에서 불어오는 바람들이다. "너의 흔적을 내가 기록하게 되다니"(『개나리 묘원』)하는 중얼거림엔 쓸쓸함과 이름들에 대한 그리움, 슬픔이 묻어 있다. 이런 감정들로 묵직해진 바람이 '나'를 흔들어 흔적조차 남지 않을 만큼 산산이 부서질지언정 절망할 이유는 없다. 시인의 호 '윤초(潤草)'의 뜻이 그러하듯 "흔적 없이 사라진다 해도/ 또 어느 아침 어느 풀잎에/ 맺혀 있을"(『윤초』)테니 말이다.

2. 풍경 속의 '나'

어딘가에 맺혀있을 시적 주체를 찾기 위해 따라 읽는 시 속
에서 우리는 아름다운 여러 풍경을 만나게 된다. 특히 2·3부에
실린 시들은 사계절의 어느 풍경도 빼놓지 않고 담고 있다. "개
나리 왈칵 쏟아진 벤치"(「봄」)에서는 "찰지게 오르는 연둣잎"(「다
시, 사월」)을 볼 수 있고, "조용한 물빛 절정"(「빗방울의 시간」)이
지나면 "가까이 울어도 먼 듯한 풀여치 소리"(「입추」)가 들려온
다. "열린 하늘에서 언어의 조각들이/ 환하게 부서져"(「해마다
첫눈은 오고」) 내리기까지 시인은 계절을 그리는 생생한 언어들
로 살아 숨쉬는 풍경을 선사한다. 그런데 그가 우리에게 보여
주는 건 단지 계절의 아름다운 풍경뿐만이 아니다. 얼핏 계절의
풍경만을 내보이고 있는 것처럼 보이지만 사실 정말로 보여주
고 싶었던 건 그 안의 '나', 그 자신이다. 그렇기에 "나는 풍경 속
에서 나를 읽는다"(「여행자」)는 구절은 계절의 풍경 어딘가에 맺
힌 자신의 위치에 대한 힌트이자, '나'라는 존재에 대한 작은 힌
트이기도 하다. 우리가 함께 읽어 보아야 할 '나', 시적 주체는
앞서 바람이 되지 못한 것으로 해석했던 '나'를 다른 의미로 읽
게 한다. 바로 흘러가는 바람이 아닌 이 자리에서 풍경을 바라
보고 기록하는 '나', 또는 기억이라는 바람이 아닌, 원하는 무언
가의 '바람'이 되지 못한 '나'로 의미화 할 수 있기 때문이다. 진
정 원하는 무언가가 되지 못한 '나'라면 '나'의 바람은 무엇일까.
권소영의 시에서 그것은 대개 시에 대한 열망으로 나타난다.

아무도 읽어주지 않는 시를 날마다 쓴다
세상에 있을 법 하지 않은 소년을 사랑한다
탱자나무 그늘이 좋다

찔러라 할퀴어라
설사 환상통일지라도 아플수록 절절할 것
소년은 늙은 얼굴이 없다

내 분홍 스웨터에 풀물 든 적 없었다
나의 들판에 먹구름 몰려온다

날마다 아무도 읽지 않는 시를 쓴다
앞으로도 누구도 읽지 않을

—「소나기」 전문

　　"날마다 아무도 읽지 않는 시를 쓴다"는 문장에서 드러나듯
읽어 주는 이 하나 없으나 매일같이 쓰기를 멈추지 않는 것처럼
말이다. 어쩌면 그에게 시란 "세상에 있을 법 하지 않은 소년"
(「소나기」)처럼 아주 멀리 있는 듯 느껴지는 대상일지도 모르겠
다. 하지만 그런 그를 사랑하는 일만큼이나 시에 대한 이끌림은
불가항력적이다. "앞으로도 누구도 읽지 않을"테지만 "설사 환
상통일지라도 아플수록 절절한 것"일 열망의 흔적은 '나'의 일상
의 풍경 속에서도 찾아볼 수 있다.

점심 설거지와 저녁 장보기 사이 막간에
'쳇 베이커' 영화를 보지
도서관에서 너덜거리는 하루키를 빌려와
'재즈의 초상'에 빠지다
육쪽마늘을 찧기도 해

바닷가 재즈 카페 주인이 되거나
200개 도시를 떠돌며 시를 낚고 싶었어

마늘의 독한 냄새가 터질 때
마약상들 '쳇 베이커' 이빨을 부러뜨리네
트럼펫이 몽롱하게 경계를 넘는 동안
나는 마늘을 찧고 있지

재~즈
나는 자꾸 눈을 감고
블루 블루
태어나서 우울한 베이커
우울에 익사하고 말았어

비릿한 콩나물무침 푸른 미역국 건너
무엇이라도 좋아
경계를 넘은 그것과 눈맞을래
저녁 설거지와 아침밥 짓기 사이 막간에

—「본 투 비 블루」 전문

118

"점심 설거지와 저녁 장보기 사이 막간에" 시작한 시는 "저녁 설거지와 아침밥 짓기 사이 막간에" 이르러 끝이 난다. 설거지, 장보기, 밥 짓기와 같이 일상의 한 부분을 그린 시이지만 그 안에서 일상과 이상의 경계를 넘나드는 '나'의 모습이 드러난다. "'쳇 베이커'의 영화"나 도서관에서 빌린 "너덜거리는 하루키"의 책, 몽롱한 재즈 음악만으로도 그는 얼마든지 일상을 뛰어넘을 수 있다. 끼니의 식사를 준비하기 위해 마늘을 찧고 밥을 짓는 것이 지금 '나'의 모습이지만, '나'의 바람이 향하는 곳은 영화와 책, 음악이 있는 이 시간 너머에 있다. "트럼펫이 몽롱하게 경계를 넘는 동안" 슬며시 '나'의 바람도 꺼내어볼 수 있는 곳은 어디일까. "바닷가 재즈 카페 주인이 되거나/ 200개 도시를 떠돌며 시를 낚고 싶었어"라고 지난 꿈을 말할 수 있는 곳. 어느새 일상의 경계를 넘어 도달한 이 백지 위야말로 그러한 공간일 것이다. 그 위에 써내려간 시간들 속에 "비릿한 콩나물무침 푸른 미역국 건너/ 무엇이라도 좋아/ 경계를 넘은 그것과 눈 맞을래"와 같은 솔직한 마음을 풀어놓기도 하면서. 그의 시로 인해 본 적 없지만 본 것만 같은 풍경들이 겹쳐지는 건 왜일까. 나른한 선율에 맞춰 마늘을 찧고 있는 사람과 한가로운 바닷가의 재즈 카페에 앉아 있는 사람, 또 어느 때엔 하염없이 걷다가 문득 백지를 찾는 사람이 있다. 이들은 다르지 않다. 모두 권소영의 시 안에서 실존하는 인물들이며, 그의 풍경의 일부분이다. "나는 풍경 속에서 나를 읽는다"(「여행자」)는 말을 다시금 새겨 본다. 이제 우리는 풍경 속에서 그의 시를 읽는다. 그리고 시인을 읽는다.

3. 또 다시 꽃피울 것

풍경 속의 '나'의 모습을 들여다 보다 어느덧 찬바람 부는 계절에 이르렀음을 깨닫는다. 푸르던 잎이 떨어지고 꽃이 진 자리를 더듬어 보다 어느 계절에고 이 풍경을 그리듯 담은 시들을 떠올린다. 흔적도 없이 흩어질지라도 그 자리에서 묵묵하게 담아낸 색색의 풍경이 있었다. 노란 개나리가 핀 벤치라거나 분홍 꽃무늬 찻잔을 마주 놓은 탁자처럼 계절의 풍경 안에 살아 있는 장면을 꺼내보니 '나'는 혼자가 아니었다. "그와 나 사이에도 차오르던 꽃즙"(「화인花印」)이 있었으니 말이다. "담배 불빛 깜박 피었다 지고/ 그 사이 얼핏 무언가 본 듯도 하고/ 아닌 듯도 하"(「봄」)였던 그것은 다름 아닌 사랑. 연둣빛 봄과 물빛 여름을 지나 그윽한 가을을 넘고 지금의 겨울에서 와서야 다시금 보이는 사랑의 흔적들이 있다. 다시 보이는 풍경들에 꽃이 진 자리는 단순히 꽃잎이 진 것이 아님을 안다. 사랑 또한 사그라진 자리였음을 이제야 안다.

죽은 자와 산 자가 뒤섞여 흔들리고 있네
차갑게 닫힌 문 위로
꿈송이들이 흩날리고

아플 것도 슬플 것도 없는 죽음
어느 스님이 꿈꾸던 그런 마지막이네
끝은 또 처음과 맞닿아 있으니

지고 있는 건 꽃잎이 아니었군

사랑이란
그렇게 잠깐이었다네
아주 짧은 절정을 위한 기나긴 연주

―「낙화」 전문

꽃이 만개하는 과정이 그러하듯 사랑은 "그렇게 잠깐" "아주 짧은 절정을 위한 기나긴 연주"를 한다. 지금 이렇게 꽃이 진 자리에 눈이 날리는 풍경은 어쩌면 "죽은 자와 산 자가 뒤섞여 흔들리"는 것일지도 모르지만, 이는 생과 사의 문제만이 아닌 끝과 시작에 대한 이야기이기도 하다. "끝은 또 처음과 맞닿아 있으니" 겨울이 지나 다시 봄이 오듯, 꽃이 진 자리에 씨앗이 떨어져 다시 싹을 틔우듯 끝이 있어야 또 다른 시작이 가능하기 때문이다. "삶도 사랑도 죽음도 시작해야 시작되므로/ 우리 이제 눈사람을 만들어요"(「눈사람을 만들어요」)와 같은 따뜻한 손길이 있어 또 다른 시작을 기대할 수 있음은 물론이다.

언 땅이 녹고 나면 무엇이 움틀까. 돋아나는 기척과 함께 다시 봄을 노래하는 목소리가 들려올 것이다. 곳곳에 남겨 둔 사랑이 훌륭한 양분이 되어 다시금 '나'를 피어나 또 다시 사랑을 말하게 할 것이다. 언젠가 또 다시 끝을 마주할지라도 그는 지금처럼 또 다시 왈칵 자신의 씨앗을 쏟아 낼 것이다. 일상의 주변에서 그러모은 작은 시어들은 시인의 사랑을 먹고 자라 깊이 새겨질 문장으로, 그렇게 한 편의 시로 피어날 것이다. "쌓여진 언어들 위에 또 한 세월이 덮인다"(「해마다 첫눈은 오고」). 그 세월을 기다리는 시간이 아깝지 않다. 이제 권소영의 시를 알았으니 우리는 함께 나이테를 그려 갈 것이다. 이제는 "아무도 읽지 않는" "누구도 읽지 않을" 시가 아닌 '누구나 읽어도 좋을 시'라고 말하고 싶다. 그런 시를 만난 기쁨에 벅차다.